Alfred Lichtwark
Die Seele und das Kunstwerk
Böcklinstudien

SEVERUS Verlag

Lichtwark, Alfred: Die Seele und das Kunstwerk. Böcklinstudien. 2013
Neuauflage der Ausgabe von 1925
ISBN: 978-3-86347-702-8

Umschlaggestaltung: © SEVERUS Verlag

Bibliografische Information der Deutschen Nationalbibliothek: Die Deutsche Nationalbibliothek verzeichnet diese Publikation in der Deutschen Nationalbibliografie; detaillierte bibliografische Daten sind im Internet über https://dnb.de abrufbar.

Der SEVERUS Verlag ist ein Imprint der Bedey & Thoms Media GmbH, Hermannstal 119k, 22119 Hamburg

SEVERUS Verlag, 2013
http://www.severus-verlag.de
Gedruckt in Deutschland
Der SEVERUS Verlag übernimmt keine juristische Verantwortung oder irgendeine Haftung für evtl. fehlerhafte Angaben und deren Folgen.

Alfred Lichtwark

Die Seele und das Kunstwerk
Böcklinstudien

MIX
Papier aus verantwortungsvollen Quellen
Paper from responsible sources
FSC® C105338

ALFRED LICHTWARK

DIE SEELE
UND
DAS KUNSTWERK

— BOECKLINSTUDIEN —

INHALTSVERZEICHNIS

	Seite
Vorwort	VII
Die Seele und das Kunstwerk	1
Vom Urteilen	19
Schlusswort zu den Boecklinausstellungen in Berlin und Hamburg 1897 und 1898	37

VORWORT

Im Winter 1897 bis 1898 bot wie in Basel und Berlin so auch in Hamburg der siebzigste Geburtstag Arnold Boecklins Anlass zu einer Gedächtnisfeier und einer Ausstellung seiner Werke. Die drei hier zusammengestellten Essays sind bei diesem Anlass entstanden.

Der erste fasst den Inhalt der Festrede auf der von der Litterarischen Gesellschaft in Hamburg im November 1897 veranstalteten Boecklinfeier zusammen, der zweite bildete die Einleitung des Katalogs der Hamburger Boecklinausstellung, dem dritten liegt der Vortrag zu Grunde, mit dem die Hamburger Boecklinausstellung geschlossen wurde.

L.

DIE SEELE

UND

DAS KUNSTWERK

Wer Arnold Boecklin von Herzen zugethan ist, konnte nur mit gemischten Gefühlen den Ausbrüchen des Festjubels zusehen, der sich in Zeitungsartikeln, Jubelhymnen, Festnummern, Telegrammen und Briefen nach Florenz und in Festvereinigungen begeisterter Verehrer an seinem siebzigsten Geburtstag Luft gemacht hat. Es hätte im Deutschen Reich ein allgemeiner Busstag angeordnet werden sollen. Alle Erinnerungstage an künstlerische Grössen unseres Jahrhunderts müssten Busstage sein.

Gewiss haben wir Ursache, zu jubeln, dass in unseren Tagen der Welt eine neue Offenbarung wie die Kunst Boecklins bescheit worden ist. Aber der Freudenrausch kommt reichlich spät und ist zu stark mit dem Gefühl der Beschämung legiert. Denn wie lange ist es her, dass der Name Boecklins allgemein nur mit einem gewissen Respekt genannt wird? Wie lange ist es her, dass sein Name bei der Masse unserer Gebildeten Hass, Abscheu und lautes Gelächter auslöste? Wir vergessen sehr schnell.

Und wenn wir ehrlich sein wollen: kommt wohl den meisten, die heute mitjubeln, die Begeisterung aus eigener, selbst erworbener Überzeugung? Es ist schlimm, konstatieren zu müssen, dass die starke Opposition erst von dem Augenblick an verstummte, da es geschickten Spekulanten gelungen war, aus Boecklins Gemälden Börsenpapiere zu machen. Das ist noch kein Lustrum her. Boecklin hat es an freudigen Verehrern nie gefehlt, aber er musste die Mitte des siebenten Jahrzehntes überschritten haben, ehe auch nur jene zweifelhafte Form der Popularität ihn grüsste. Er hat sich nie um die Meinung der Welt gekümmert, weil er wusste, was sie wert war. Was er jetzt erlebt, wird sein helles Auge nicht mehr mit dem Glanz der Freude füllen; es kann nur ein mitleidiges Lächeln auf seine Lippen locken. Uns aber sollte der Jubeltag des grossen Meisters den Anlass zur Selbstprüfung geben.

Wie kommt es, dass in der Kultur der vergangenen Jahrhunderte die grossen Künstler von den Besten ihres Volkes und der ganzen gebildeten Welt getragen und gehoben wurden und dass in unserer Epoche die Menzel, Boecklin, Millet so spät und so widerwillig erkannt und anerkannt wurden? Nur einmal hat ein Volk in früherer Zeit sich gegen einige seiner ganz Grossen ähnlich benommen.

Das waren die Holländer im siebzehnten Jahrhundert, die sich von Rembrandt, Hals, dem delftschen van der Meer abwandten und ihre Gunst auf das Haupt geringerer Geister schütteten, die das Mass der Menge nicht so unbequem überragten. Die Dinge lagen damals ähnlich wie heute.

Wir müssen uns immer wieder erinnern, dass mit der französischen Revolution in ganz Europa die Existenz der Fürsten und der Aristokratie, die bis dahin die Kultur getragen hatten, auf eine neue Basis gestellt war. Sie schufen und trugen keine neue Kultur mehr und verloren deshalb die, die sie besassen. Das ist ein gesetzmässiger Vorgang. Nach einer Generation unterschieden sie sich nur noch durch einige Äusserlichkeiten von dem Bürgerstande, der nun obenauf war. Überall stiegen die unteren Schichten empor. Das Mittel zu ihrer Erhebung aber war die Intelligenz, der Verstand; und oft genug — wenn nicht in der Regel — eine starke, aber einseitige und beschränkte Intelligenz. Kultur brachten sie nicht mit und konnten sie so schnell nicht erwerben wie ihr Wissen. Kultur ist eine Pflanze, die langsam wächst und zarter Pflege bedarf.

Wie stand in dieser neuen Welt, in der die Intelligenz Herrscherin war, die Kunst da?

Der erste Genius, in dessen Entwickelung dieser neue Zustand eingriff, war ein Hamburger, Philipp Otto Runge. Als er im ersten Jahrzehnt unseres Jahrhunderts seinen Cyklus der Tageszeiten entworfen hatte, der das Programm der ganzen Kunst des Jahrhunderts enthielt, stand seine Umgebung ratlos davor, und er wurde immer wieder gefragt, was er mit diesen Bildern sagen wollte. Wenn ich es sagen könnte, antwortete er, brauchte ich es nicht zu malen.

Dies Wort trifft das Wesen aller grossen Kunst. Der blossen Intelligenz steht vom weiten Reich der Kunst nur eine enge Vorhalle offen. Die Sprache der Dichtkunst, die Musik, die bildende Kunst sind Ausdrucksmittel nicht des Verstandes, sondern einer starken, besonders gearteten menschlichen Seele.

Es kommt in der Kunst nicht darauf an, dass etwas gemacht, sondern dass etwas ausgedrückt wird.

Das Machen lässt sich mit Hilfe einer guten Schulung und einer gewissen Intelligenz erlernen. Aber die Kunst der Musik besteht nicht darin, dass man imstande ist, die Form des Walzers, der Sonate, des Liedes auszuführen mit Hilfe der künstlerischen Ideen, die Gemeingut sind, wie Luft und Licht, die Kunst der Poesie ist nicht erreicht, wenn sich einer geübt hat, Verse nach Heines Art zu verfertigen, die Kunst der Malerei hat noch nicht bewältigt wer gelernt hat, ein Landschaftsmotiv oder eine Figur korrekt zu zeichnen oder zu malen. So weit kann jeder kommen, der nicht unter dem Durchschnitt begabt ist. Von Kunst aber darf erst die Rede sein, wenn eine neue und eigene Empfindung Gestalt gewonnen hat. Das ist der Grund, weshalb so viele Bilder, die als Mache keinen Tadel verdienen, mit der Kunst nichts zu thun haben, dass so viele Musikstücke, so viele Gedichte, deren

Technik nicht zu beanstanden ist, weder Musik
noch Litteratur sind.

Wer die eigene und starke Empfindung nicht
hat, kann nicht Künstler werden, und wer sie besitzt, dem wird selbst einmal eine Unzulänglichkeit
des technischen Ausdrucksvermögens übersehen.

Wie durchaus die Kunst als Ausdruck der Empfindung, nicht der Erkenntnis, aufgefasst werden
muss, lässt sich am leichtesten in der Poesie erkennen.
Was enthält ein lyrisches Gedicht, das den Verstand
anginge? Wer es in Prosa übersetzt, hat nichts
Lebendiges mehr in der Hand. Ja, man darf behaupten, ein lyrisches Gedicht, das sich in Prosa
aufgelöst noch hält, gehört nicht zur höchsten Gattung
der Kunst. Denn das Wesen des Gedichtes liegt
in der rhythmischen Verdichtung eines Gefühls. Die
Sprache, an sich ein abstraktes Ausdrucksmittel, ver-
bindet sich in der Poesie mit dem Rhythmus und
der Melodie der Musik, die ein rein durch die
Sinne wirkendes Ausdrucksmittel ist. Alle Poesie
wird doch wohl ursprünglich gesungen. Die gesprochene Poesie ist schon um die Hälfte ihrer
Wirkung gebracht, gelesen sollte Poesie überhaupt
nicht werden.

Die Sprache ist ein Mittel zur Verständigung
mit anderen. Diese Funktion streben die Künste

als Ausdrucksmittel im letzten Grunde überhaupt nicht an. Sobald der schaffende Künstler an Mitteilung denkt, an die Wirkung, die er erzielen will, ist seine beste Kraft gelähmt. Wie schafft das Kind, das seine ersten Eindrücke von der Welt auf die Schiefertafel bringt? Es zeichnet den Mann, das Haus, — nicht, damit Vater und Mutter es loben oder damit es seinen Geschwistern und Kameraden imponiert, sondern, um einem inneren Drange Luft zu machen. Es ist Künstler. Der grosse Maler vor seiner Staffelei, der Dichter im Ringen mit Rhythmus und Wort, der Musiker, dessen Seele sich in der Linie einer aufquellenden Melodie bewegt, der Architekt, in dessen Phantasie sich aus dem Chaos der Möglichkeiten das neue Monument krystallisiert, sie sind mit sich allein. Einsam und ganz ohne Gedanken daran, ob andere später auch folgen werden, ob andere auch nachempfinden können, was sie selber vorher empfunden haben, geniessen sie die höchste Wonne, die der Seele beschieden ist, die Wehen des Schaffens. Gedanken an die Mitteilung, an die Wirkung auf andere, gehören dem Vorgange des Schaffens nicht mehr an. Der göttliche Augenblick ist vorüber, sobald sie sich einstellen, und wer von ihnen ausgeht, dem kommt er nie.

Der Schauspieler, der Tänzer, der Redner und der ausübende Musiker, deren Produktion an das Beisein der Zuhörer und Zuschauer gebunden ist, deren Kraft sich steigert, je mehr sie sich getragen fühlen von einem miterlebenden Auditorium, gehören nur scheinbar einer anderen Kategorie von Schaffenden an. Das Beste leisten auch sie nur in dem Moment, wo ihr Verstand nicht weiss, dass noch andere in der Nähe sind, wo sie sich der Produktion oder Reproduktion ganz hingeben.

Unter diesem Gesichtswinkel muss das Erzeugnis der bewegten Menschenseele, das Bild, das Musikstück, das Gedicht, zuerst betrachtet werden. Es ist als Produkt einer Empfindung das Echo eines Eindruckes, den die Welt auf ein Menschengemüt von starker Empfindung gemacht hat, ganz auf sich gestellt. Es hat mit dem Publikum zunächst gar nichts zu thun, und das Publikum hat weder Anspruch noch Anrecht darauf. Wer die bekannten und oft gehörten Wendungen in den Mund nimmt: Vom Künstler verlange ich, der Künstler soll, der Künstler muss, — der beweist damit nur, dass er keine Ahnung hat, wie das Kunstwerk entsteht. Mit solchen Forderungen mag er dem Handwerk gegenübertreten, das ihm dient, er mag sie vor der breiten Masse der künstlerischen Produktion erheben, der Marktware, die einem vorhandenen Bedürfnis entgegenkommt. Nach der Kunst des Genies hat kein Mensch auf der Welt Bedürfnis, ehe sie da ist, ausser dem einen, der sie erzeugt. Den anderen wird sie Bedürfnis nur soweit sie sie nachzuempfinden, das heisst nachzugestalten imstande sind. Das Kunstwerk hat die Eigenschaft, die Empfindung, aus der es entsprungen ist, in anderen Seelen, die sie nicht selbständig haben oder ausdrücken können, wieder zu erwecken. Lichtenberg hat das einmal in seinem Urteil über Wieland formuliert: »Er spricht Empfindungen aus, dass sie wieder Empfindungen werden.«

Das Kunstwerk ist Selbstzweck für den, der es schafft, für die anderen existiert es erst, wenn es in ihrer Seele auflebt. Dazwischen ist es im Grunde gar nicht vorhanden.

Soll es in einem anderen Menschen wieder lebendig werden, muss dessen Seele der des Schöpfers verwandt gestimmt sein. Je näher die nachschaffende Seele der des Schaffenden steht, desto näher kommt ihr Genuss am Kunstwerk dem des Urhebers. Wer wird so tief von dem Werk des Musikers erschüttert und mitgerissen wie der verwandte Schöpfergeist? Wer steht vor einem Bilde bis in alle Fibern durchbebt wie ein Maler? Ist die Seele nicht da, in der es aufleben kann, dann ist das Bild nur bemalte Leinwand, die Statue ein behauener Stein, das Gedicht bedrucktes Papier, die Musik ein Geräusch, — vielleicht nicht einmal ein angenehmes.

Das ist wörtlich zu nehmen. Das Kunstwerk geht als Realität zu Grunde, wenn die Seelen nicht mehr da sind, die es aufnehmen können, und kann eben so leicht verschwinden, wenn sie noch nicht da sind. Die Geschichte beweist es auf Schritt und Tritt. Nicht nur die einer fernen Vergangenheit, auch die unseres Jahrhunderts, auch die unserer Tage.

Ein Bürger des römischen Reiches, der im dritten Jahrhundert den Besitz seiner Welt an unvergleichlichen, für die Ewigkeit gegründeten Bauwerken, die unzählbaren Legionen von Statuen in unverwüstlichem Erz und Marmor, die wie ein zweites Volk seine Städte bevölkerten, den Schatz an Litteratur aller Gattungen, an Musikwerken überschlug, musste das für einen ewigen Besitz der kommenden Geschlechter ansehen. Die Welt wusste, was sie daran besass, und hütete den Schatz. Was ist daraus geworden? Sobald die Seelen nicht mehr da waren, die diese Kunst fühlen konnten, war alles verweht. Die Marmorstatuen wanderten in die Kalköfen, die Bronzen wurden zu Kesseln und Glocken umgeschmolzen, die Tempel als Steinbrüche benutzt, die Pergamente zu Schuhsohlen. Und was ist uns übriggeblieben? Nur das, was zufällig nicht zerstört wurde oder was, wie die Werke der Dichter und Historiker, in einzelnen Seelen des Mittelalters noch Empfindungen zu wecken imstande war. Es ist bezeichnend, dass die Kunstwerke, die auch den Verstand oder die Neugier fesseln konnten, erhalten blieben, die Epen und Erzählungen, Werke im Material der Sprache, die auch dem Verstand zu thun geben, und dass die dem praktischen Bedürfnis dienende Architektur am längsten lebte und am frühesten wieder erwachte.

Diese Zerstörung einer Welt von Kunst ist nicht ein einzelner, durch die ungeheure Katastrophe des Unterganges der alten Welt erklärbarer Fall; er wiederholt sich vom Mittelalter her Jahrhundert um Jahrhundert. Sobald die Seelen gestorben, sanken die Kunstwerke, die für sie geschaffen waren, in Schutt und Staub. Was erhalten blieb, verdankt seine Existenz einem Zufall, in der Regel seiner Verbindung mit dem Kultus. Denn was besitzen wir noch von der Baukunst aus der ersten grossen Blütezeit unseres Volkes? Ein paar Dome stehen aufrecht, von den Palästen der Kaiser und Grossen ist nichts intakt. Wenn vor einem Jahrhundert die gewaltigen Bildwerke im Dom zu Naumburg oder Bamberg, die wir heute zu unserem edelsten Besitz rechnen, zerstört worden wären, keinem Menschen wäre der Verlust zu Herzen gegangen. So ist es der Gotik gegangen, als die Renaissance tagte, so der Renaissance, als das Barock kam, so dem Barock und Rokoko, als der Klassicismus die Herrschaft antrat, und dem Klassicismus und seiner Nachfolgerin, der Romantik, in der Epoche des Realismus.

Mir steht als ein unauslöschlicher Eindruck in der Erinnerung, dass mir Jakob Burckhardt gestand, wie widerwärtig ihm einst alle Kunst der Spätrenaissance, des Barock und Rokoko gewesen sei. Nach einem Hauptwerk Watteaus durften die Schüler Davids mit Brotkugeln schiessen, dann kam es auf den Trödelmarkt. Die ersten Sammler, die sich in der Mitte unseres Jahrhunderts dem Rokoko zuwandten, kauften die Handzeichnungen der grössten Meister aus den Ramschmappen der fliegenden Antiquare des Quai d'Orsay.

Uns geht es nicht besser. Was wäre aus den Werken Philipp Otto Runges geworden, wenn die Pietät seiner Nachkommen sie nicht gerettet hätte? Dass wir heute zu erkennen vermögen, was für Begabungen wir in Hamburg an den Speckter und Oldach besassen, verdanken wir einzig den Mitgliedern ihrer Familien, die ihre Bilder und Zeichnungen nicht haben verkommen lassen. Und die Zeit ist uns so nahe.

Innerhalb eines Menschenlebens vollziehen sich so die tiefsten Wandlungen. Dass ein Künstler in seinem Alter die frischesten Werke seiner Jugendkraft nicht mehr leiden kann, scheint fast ein Gesetz zu sein. Hermann Kauffmann reichte eine Petition bei der Verwaltung der hamburgischen Kunsthalle ein, dass man eins der Hauptwerke seiner Mannesjahre, die Propsteier Fischer, aus der Galerie entfernen möchte. Er verstand das Bild selbst nicht mehr. Es war seinem Gefühl zuwider.

In unserem Jahrhundert war es dann das Schicksal vieler der grössten Künstler, dass die Seelen für ihre Werke noch nicht da waren, als sie schufen. Es dauerte Jahrzehnte, bis nur für die Mehrzahl der Besten ihres Volkes Existenz gewonnen hatte, was sie hervorbrachten. Es liesse sich mit Namen und Daten belegen, dass Bilder von Künstlern, die heute einen Ruhmestitel unseres Volkes bilden, von denen, die sie durch einen Zufall in Besitz bekamen, zunächst in die Rumpelkammer gesteckt wurden.

Keiner hat wohl mehr darunter gelitten als Boecklin und auf anderem Gebiete sein grosser Landsmann Jeremias Gotthelf, dessen hundertsten Geburtstag wir in diesem Jahre begehen. Wie es Boecklin gegangen ist, weiss alle Welt. Sein Volk, das ihm heute zujauchzt, hat ihn mit Hass und Spott verfolgt, wo es ihn nicht einfach ignorierte. Das kleine Ausstellungslokal des Kunsthändlers Gurlitt, dessen Verdienst es war, Berlin mit Boecklin näher bekannt zu machen, war für viele ein Lachkabinett. Und leider sind wir nicht so glücklich, behaupten zu dürfen, es habe dem Künstler nicht geschadet, dass er so einsam und nur von wenigen verstanden seine Kunst übte. Wir haben in einzelnen mehr zufällig entstandenen Werken den Beweis, dass einer der grössten Monumentalmaler unseres Jahrhunderts in ihm steckte. Man hat ihn, als es Zeit war, nicht zugelassen und Millionen für Dekorationen ausgegeben, die heute wertlos, wenn nicht gar schädlich sind.

Und ist es Gotthelf nicht ähnlich ergangen? Er ist vielleicht die grösste epische Begabung seiner Epoche; in seinen Hauptwerken spricht sich diese Bedeutung unverkennbar aus. Und wer von unseren Gebildeten weiss heute mehr von ihm als den

Namen? Und wie viele von denen, die seinen Namen gehört haben, kennen ihn aus seinen Werken? Von wie vielen, die ihn zu lesen versucht haben, dürfen wir annehmen, dass sie ihn nicht nur deshalb gut finden, weil Leute, auf deren Urteil sie hören, ihn bewundern, sondern weil sie das Wehen seines Geistes in ihrer eigenen Seele verspürt haben? Unser Fluch, das Eigene gering zu achten und von weit her Idole zur Anbetung zu importieren, trägt einen Teil der Schuld. Romanschreiber aus England und Frankreich gelesen zu haben, die dem grossen Schweizerdeutschen nicht das Wasser reichen, gehört in Deutschland zur allgemeinen Bildung.

Noch ein dritter Jubilar dieses Jahres, Hans Holbein, ist durch diese nationale Verblendung eine schemenhafte Silhouette geworden. Wer kennt sein Hauptwerk, die Bilder des Todes, aus eigener Anschauung und nicht vom flüchtigen Ansehen einer Reproduktion, sondern durch selbständige Versenkung in seinen Inhalt? Alle Madonnen Raphaels wiegen dies Werk für unser Volk nicht auf; und Holbein steht uns immer noch so fern wie Dürer, wie Schongauer, wie Rembrandt. Denn der Bildungsgang, den unsere Gesellschaft zurücklegt, führt nirgends über die Flur der bildenden Kunst, höchstens eine Strecke durch das Gestrüpp des kunstgeschichtlichen Unterrichtes.

Wenn ein Deutscher nur der ist, der ein persönliches und herzliches Verhältnis zu den grossen Dichtern und Künstlern der Nation gewonnen und sich mit ihrer Lebensenergie, ihrem Geiste gefüllt hat, dann dürfen nicht viele, die unsere Sprache reden, die Zugehörigkeit beanspruchen. Millionen werden alljährlich in Deutschland für die Pflege der Kunst ausgegeben, aber sie wird nicht da gepflegt, wo sie allein der Pflege bedarf: in der Seele des heranwachsenden Geschlechtes. Unsere ganze Bildung beschränkt sich auf die Seite des Verstandes, die sich reglementieren lässt. Wenn wir erzogen würden, mit der Seele ein Werk der Dichtkunst aufzunehmen, wären die über alle Vorstellung kläglichen Zustände unserer Litteratur dann denkbar? Und wenn wir Kunst fühlen lernten, wäre so viel Roheit und Barbarei in Ansicht und Urteil möglich, wie uns alle Tage gegenübertritt?

Wir sollten in diesen Erinnerungstagen an drei der grössten deutschen Genien uns geloben, dass wir, soweit unsere Kraft reicht, dafür wirken wollen, in der heranwachsenden Jugend die Kraft der Empfindung zu wecken und zu stärken, damit für alle grosse Kunst, die wir in Musik, Malerei und Dichtkunst ererbt haben, die Seelen da sind, in denen sie lebendig werden kann, und damit die neuen Genien, die das Geschick uns sendet, die Seelen finden, die ihnen ein Echo zurückwerfen, ehe das Alter sie gebeugt oder der Tod sie hingestreckt hat.

Mit der Seele das Werk des Musikers, des Dichters hören, mit der Seele das Gebilde des Malers, des Bildhauers, des Baumeisters sehen! Das hat wohl zuerst unser alter Brockes ausgesprochen, der eine schwere Perücke trug und über den sich so gern die Philologen belustigen, die für seine Schwächen ein Auge haben, aber seine besten Qualitäten nicht zu bemerken pflegen, wenn in ihnen nicht lebendig ist, was er als köstliches Gut besitzt. Es sei ihm einst gegangen wie jedermann, sagt er einmal, er habe gesehen und doch eigentlich nicht gesehen. Dann bricht er aus:

»Jetzt aber, wo der Seele Augen
Durch meines Leibes Augen sehn,
Kann ich in Wahrheit dir gestehn,
Dass sie erst recht zu sehen taugen.«

VOM URTEILEN

Wenn spätere Geschlechter sich, was wir nicht wissen können, so stark für historische Studien interessieren, wie die drei letzten Generationen, dann wird es auch einmal eine umfassende Geschichte des Kunsturteils geben, und das Jahrhundert, das wir kaum noch wagen, das unsere zu nennen, wird darin den Stoff für das lehrreichste, verschlungenste, traurigste und amüsanteste Kapitel liefern.

Aus der Fülle der Ungerechtigkeit, mit der die europäische Menschheit des neunzehnten Jahrhunderts ihre führenden Geister überschüttet hat, wird sich wie an einem Experiment nachweisen lassen, dass die Fähigkeit des originellen Urteils ebenso selten vorhanden ist, wie die Gabe der originellen Produktion, und dass in der Regel nicht einmal Klarheit herrscht über das Wesen des Urteils in künstlerischen Dingen.

Man pflegt zu meinen, dass es in der Anwendung von Erfahrungen und Regeln, die aus den schon vorhandenen Kunstwerken gewonnen sind, auf die werdende oder eben neu gewordene Kunst besteht.

In der That lassen sich die allermeisten fehlerhaften Urteile darauf zurückführen, dass vom Neuen eine Wiederholung des Alten erwartet wird.

Die h i s t o r i s c h e Begabung sucht die Natur des Gewordenen zu verstehen, die p o l i t i s c h e die Kräfte, die im Werden sind. Es ist nicht die Regel, dass der hervorragende Historiker auch ein einsichtiger Politiker ist, während umgekehrt der fruchtbare Politiker auch durch treffende historische Urteilsfähigkeit zu glänzen pflegt, denn die politische Begabung ist die umfassendere.

Das Publikum war im neunzehnten Jahrhundert der lebendigen Kunst gegenüber wohl ausnahmslos Historiker, fast nie Politiker.

Es beurteilte werdende Dinge nach seiner historischen Erfahrung und Gewöhnung und hatte erst zu lernen, dass das Urteil über die Mitwelt auf der Fähigkeit beruht, die neuen Qualitäten des im Entstehen Begriffenen oder des eben Entstandenen vorurteilslos zu erkennen und anzuerkennen, auch wo es der Gewöhnung widerstrebt.

Andere Fehlerquellen des Urteils liegen nicht in zeitlichen und örtlichen Zuständen, sondern in der Unzulänglichkeit der Durchschnittsnatur.

Gültiges Urteil kommt fast nur bei starken Charakteren vor, weil es persönlichen Mut voraussetzt. Der Schwächere vermag weder eine Situation noch eine Sache zu beurteilen. Darin liegt die Macht des Menschen, der, Lassalle hat es erkannt und ausgedrückt, »sagen kann, was ist«.

Auch ohne die Kraft der Liebe und Sympathie ist Urteil nicht möglich, namentlich über die Werke der Kunst nicht, denn sie sind Erzeugnisse einer liebenden Seele und können nur von der Liebe erkannt werden. Es giebt kein anderes Mass dafür. Das Herz ist der oberste Richter über den Menschen und alles, was er erzeugt. Eine kalte Natur ist bei starkem Verstande auf Klugheit beschränkt, und der kalten Klugheit sind bei der Erkenntnis der Menschen und Produkte sehr enge Grenzen gezogen. Was von der Musik jeder weiss, dass der klare Verstand, der nichts weiter ist, kaum ein halbes Urteil hat, gilt auch von der bildenden Kunst.

Hass dagegen hat überhaupt kein Urteil. Er bringt es, wie der blosse Verstand, in künstlerischen Dingen nicht über die negative Kritik hinaus, im allerbesten Falle nur bis zur Anerkennung, womit im Grunde noch gar nichts gewonnen ist.

Wer es eingesehen hat, wie ungeheuer selten die schon einzeln nicht allzu häufig auftretenden Qualitäten, auf denen die Fähigkeit des originellen Urteils beruht, Charakterstärke, klarer Verstand und ein Herz voll Sympathie und Wohlwollen, sich in einem Menschen vereinigen, geht mit einem inneren Lächeln durch unsere Welt, in der jedermann, ohne sich zu fragen, ob er sich selber und die Dinge kennt, ein so überraschendes Quantum von Urteilen hervorbringt.

❧

Die Entwickelung des Urteils über Boecklin bietet ein umfassendes Paradigma, die Natur des Urteils zu studieren.

Seine Beurteilung ist noch nicht abgeschlossen, räumlich und zeitlich nicht.

Sie ist geographisch auf seine engere Heimat, die Schweiz, und auf Deutschland beschränkt. So gut wie alle seine Werke sind in Deutschland und in der Schweiz geblieben. Frankreich, England, die Niederlande, der Norden haben noch nicht gesprochen. Die übrigen Länder kommen in dieser Frage überhaupt nicht in Betracht. Dass einzelne Stimmen aus der westlichen und nördlichen Kulturwelt sich für und gegen ihn erklärt haben, ist vorläufig noch belanglos. Wir haben noch nicht erfahren, wie eine Boecklinausstellung in London oder Paris wirken würde, und wir würden nach Ablauf des ersten derartigen Versuches noch nicht viel mehr wissen als über Frankreichs Verhältnis zu Wagner nach der ersten Aufführung des Tannhäuser in den sechziger Jahren. Die Vorstellung, dass das Ausland im Urteil über den lebenden Künstler etwas wie eine gleichzeitige Nachwelt darstellt, hat viel Bestechendes, gilt aber nur für das Talent nicht für das Genie. Wird es dem eigenen Volke schon nicht leicht, das neue Genie, das ihm ersteht, zu begreifen, wie viel schwerer fällt es dem Auslande, das erst noch die Festung der Rasseneigentümlichkeit zu nehmen hat!

Auch zeitlich ist das Urteil über Boecklin beschränkt, weil wir ihm zu nahe stehen. Wir wissen, was er uns ist; wie die Revision unserer Urteile durch kommende Geschlechter ausfallen wird, vermögen wir nicht zu erspähen.

Es wäre eine dankenswerte Arbeit, die nach der guten und nach der bösen Seite charakteristischsten Urteile über Boecklin chronologisch zusammenzustellen. Wir würden darin ein vielfach verzerrtes Spiegelbild des Meisters erkennen, das uns über ihn selbst freilich nichts Neues sagen würde, denn im besten Falle ist dies Spiegelbild, das jede Seele in einer eigenartigen Färbung giebt, nur eben annähernd richtig. Aber es gäbe für das Individuum ein wichtiges Material zur Selbstkritik, womit ja alle Kritik in der Welt anfangen sollte.

In dieser Studie über die Beurteiler Boecklins würde er selber fehlen. Von anderen Grossen wie Goethe und Wagner, wissen wir durch zufällige oder beabsichtigte Äusserungen, was sie von sich halten, wie sie beurteilt sein möchten. Von Boecklin nicht.

Wer das Glück gehabt hat, seiner Mitteilung zuzuhören, wird mit Staunen die Tiefe und Schlagfertigkeit seines Urteils empfunden haben. Ich erinnere mich, dass wir eines Abends, als wir Jüngeren und Jüngsten in seiner Gegenwart eine heftige Debatte über das Problem der farbigen

Skulptur angefochten hatten, uns schliesslich um ein Urteil an ihn selber wandten, der ruhig zugehört hatte. »Ich will doch kein Ding aus Holz oder aus Stein machen,« sagte er, »ich will Kunst machen.« Damals kannten wir, nebenbei, seine wundervollen farbigen Skulpturen noch nicht, und er erzählte uns nichts davon. — So sprach er über Kunst, auch über die Probleme, die ihm zu schaffen machten. Aber wie er über seine eigene Kunst urteilt, hat er dem Publikum weder gesagt noch sagen lassen. Er hat ruhig die Wirkung seiner Kunst abgewartet, und hat nicht das Geringste gethan, dem Beschauer den Zugang zu erleichtern. Die Namen, die seine Bilder tragen, rühren nicht von ihm her. Er hat selber nicht das Bedürfnis empfunden, sie zu benennen. Es wäre interessant zu wissen, wer in den einzelnen Fällen der Täufer war. In den achtziger Jahren dürfte es sehr oft der findige Fritz Gurlitt gewesen sein. Wenn es sich mit der Gewohnheit unserer Kataloge vereinigen liesse, die einmal Nummern und Namen haben müssen, dann wäre es vielleicht am besten gewesen, dem Künstler, der den auf Namen drängenden Freunden immer wieder entgegnete, man solle ihn in Ruhe lassen, er habe nur ein Bild malen wollen, zu willfahren und sich im Katalog darauf zu beschränken, seine Werke eins nach dem andern einfach als Bilder von Boecklin anzuführen. Manches Missverständnis wäre vermieden, und die Aufmerksamkeit des Publikums, das vom Historien- und Genrebild her gewohnt war, zunächst den Titel des Katalogs: »Wallensteins Ermordung« oder »Grossvaters Geburtstag« zu verifizieren, wäre wie beim »Schweigen im Walde« oder bei den »Lebensaltern« nie auf Nebendinge abgeleitet worden. »Ein Bild von Boecklin — nun sieh dich hinein.« Das und kein Wort mehr muss man wissen, wenn man vor einen Boecklin tritt.

Wer keine Klebebände mit Urteilen über Boecklin angelegt hat, ist heute in Bezug auf den ersten Eindruck seiner Werke auf die Erinnerung angewiesen.

Bei Boecklin wiederholt sich in besonderer Form der Fall, den wir als typisch in der Entwickelung des Genies ansehen müssen.

Es ist ihm ähnlich wie Menzel gegangen. Solange dieser mit seinen Gemälden auf dem Boden der Historie blieb, ging alle Welt mit ihm. Das Geschichtsbild war eine wohlbekannte, anerkannte und beliebte Gattung. Was er bot, wurde sofort genossen, wenn auch in vielen Fällen mit Vorbehalt und Zurückhaltung gegen seinen Realismus und gegen den Künstler, der die akademischen Weihen nicht erhalten hatte. Als er aber von den Historienbildern, die er durch die Äusserung: »Das waren meine lateinischen Gedichte« wohl scherzhaft als Schularbeiten zu charakterisieren suchte, zur Schilderung des modernen Lebens überging, da stand man zunächst ratlos vor Bildern wie seinem Walzwerk, und das Publikum bedauerte, dass der Künstler den festen Boden unter den Füssen verliere, während es doch nur selber ihn verloren hatte.

So hat auch Boecklin zunächst mit Erfolgen begonnen. Keins seiner späteren Werke hat beim Erscheinen eine nur annähernd so allgemeine Begeisterung hervorgerufen wie sein erstes grosses Bild vom Pan im Schilf, das sich von dem, was man aus der Kenntnis des schon Bestehenden begreifen konnte, gerade weit genug entfernte, um frisch zu wirken, und nicht weit genug, um jenseits des Horizonts der Erkenntnis zu liegen.

Der erste Erfolg ist immer ein Prüfstein für den Gehalt des Charakters. Hätte Boecklin zu der unendlichen Schar mehr oder weniger starker Begabungen gehört, die sich durch Erfolge oder Misserfolge bestimmen lassen, so hätte er das Thema und die Behandlungsart, die einmal gefallen hatten, als Ausgangspunkt einer eigenen Richtung genommen und bis an sein Lebensende, oder wenigstens solange der Erfolg anhielt, Schilfbilder mit Sonnenflecken gemalt. Selbst die Sonnenflecken, die so viel bewundert wurden, finden sich nachher in seinem Werk nicht wieder. Dass seine materielle Lage ihn der Versuchung, sich ohne viel Mühe einen Markt zu schaffen, nicht überhob, ist bekannt genug.

Boecklin ging seinen einsamen Weg weiter, der zunächst freilich noch ein Jahrzehnt von der grossen Heerstrasse aus erkennbar und erreichbar war, dann aber in einsame Fernen führte, wohin ihm der Blick der Menge nicht zu folgen vermochte.

Doch hat er sich nie auf Nebenpfaden verloren. Es kommt wohl vor, dass er ein einzelnes Bild mehrmals malt — freilich immer mit stärkeren oder leiseren Abweichungen — aber er kam nie dazu, sein Bild zu malen, das jeder Ausstellungsbesucher auswendig weiss.

Die scharfe Trennung zwischen Boecklin und dem Publikum, den grössten Teil der Kritik eingeschlossen, beginnt erst, als er, etwa von 1870 ab, in die letzte Schaffensepoche eintritt, in der er Stoffe gestaltet, die ihm allein gehören, Farbe wagt, die mit der seiner Zeitgenossen keine Berührung mehr hat, und seine eigene Technik vollendet.

Bis dahin liessen sich bei einzelnen Bildern immer noch Berührungspunkte nacheinander mit Calame, Schirmer, Dreber, Feuerbach u. a. entdecken, oder er blieb doch innerhalb der Grenzen der bekannten Welt.

Von 1870 ab beginnen die bekannten Urteile, die auch heute noch mit Naturnotwendigkeit immer wieder formuliert werden, wenn er vor ein neues Publikum tritt.

Zunächst wurden seine Bilder unverständlich gefunden, man klagte über Geheimniskrämerei und dergleichen bei einem Künstler, dessen Bilder so klar alles aussprachen, was er sagen will, und es so umfassend und so deutlich sagen, dass es nicht einmal eines Titels bedürfen sollte, um dem blöden Sinn die Richtung zu geben.

Wir können die Ratlosigkeit des Publikums und der Kritik wohl begreifen. Es gab keine bekannte Kategorie, in die man Boecklins Bilder hätte einreihen können. Es waren weder Historien- noch Genrebilder, und Landschaften im herkömmlichen Sinn, wie man sie in der »Villa am Meer« von ihm kannte, waren sie auch nicht mehr. Sie wollten anders gesehen werden als fast alles, was es an zeitgenössischer Kunst gab. Vom Historienbild her war man gewöhnt, einen bekannten Vorgang dargestellt zu sehen oder mit Hilfe des Katalogs einen unbekannten zu erkennen. Das in üppiger Blüte entfaltete Genrebild gab materiellen Anlass zu leicht entzündbarer Belustigung, oder es rief mit ebenso schnell und sicher wirkenden Mitteln Gefühle der Trauer hervor. Die Landschaft entfernte sich nicht oder doch nicht weit von dem schon durch die Holländer oder die Klassiker bestellten wohlbekannten Boden. Der Genuss der Ausstellungen und Museen neuerer Kunst erforderte keine grosse Anstrengung.

Da erschienen Boecklins Bilder, die nichts von alledem boten, auf die die gewohnte und bequeme Technik des Ausstellungsbesuchs keine Anwendung finden konnte, und wirkten wie Rätsel. Man war gewohnt, die Kunst vorwiegend mit dem Verstande zu betrachten, hier war eine neue Kunst, die gefühlt werden wollte, und das Gefühl war nicht geweckt.

Ich erinnere mich sehr lebhaft, dass in den wilden Entrüstungsausbrüchen, die Boecklin zu Anfang der achtziger Jahre in Berlin erregte, der Vorwurf der absoluten Unverständlichkeit am heftigsten ausgestossen wurde.

Hierin ging man aufs Ganze. Sonst hält man sich an Einzelheiten.

Am meisten ärgerte die Farbe. Man war an mildes Braun und Grau gewöhnt und stand entsetzt vor Boecklins starkem Grün und Blau. Diese Gewöhnung war offenbar sehr tief gewurzelt und stark entwickelt. Kunst und Natur erschienen wie zweierlei. Was in der Natur erfreute, die grüne Wiese, der blaue Himmel, konnte das Auge im Bilde durchaus nicht vertragen. Es würde dem jetzt heranwachsenden Geschlecht wie eine Fabel erscheinen, wenn man ihm die vergessenen Urteile über Boecklins scheussliche Farbe wiederholte. Dass gerade in der selbständigen Auffassung der Farbe ein originelles Verdienst Boecklins lag, wurde nicht gefühlt. Hätte man damals Boecklin schon historisch beikommen können, wäre man in der Lage gewesen, zu verfolgen, wie sich diese an die Entwickelung seiner Individualität gebundene Auffassung der Farbe sehr langsam ausgebildet hat, dann würde es einen für viele gangbaren Weg zum Verständnis gegeben haben. Erst die Jubiläumsausstellungen haben seine Entwickelung der Wissenschaft und dem Publikum erschlossen. Wir haben beobachten können, wie es fast dreier Jahrzehnte beständigen Ringens bedurfte, ehe der Künstler durch die für seine Zeit gültige Auffassung der Farbe sich zu sich selber durchgearbeitet hatte.

Es ist ein sehr lehrreiches Beispiel für die Schwierigkeit, die die heutige Beweglichkeit der Produkte dem Verständnis einer eigenartigen künstlerischen Natur entgegenstellt. Boecklins Werke sind über weite Zonen zerstreut, und sie befinden sich, mit Ausnahme des Stammes in der Galerie Schack, zum grössten Teil in schwer zugänglichem Privatbesitz. Museen enthalten bisher, wie bekannt, nur einen überaus kleinen Teil seiner Bilder.

Nicht heftig genug konnte man sodann einzelne ungewohnte Kompositionsgedanken verdammen. Als sein Bild mit den oben vom Rahmen abgeschnittenen hellen Pappelstämmen — einst vom Kunsthandel mit der Bezeichnung »Die Lebensalter« in die Welt gesandt und jetzt durch Tschudi als »Frühlingstag« bezeichnet im Besitz der Nationalgalerie — zuerst in Berlin ausgestellt war, erkannten nur wenige die Absicht des Künstlers. Man wollte absolut keine abgeschnittenen Bäume dulden. Man wollte die Bäume ganz sehen. Und gerade dieses Bild sollte an direkter Anregung eins der fruchtbarsten werden und damit die Haltlosigkeit der ersten verdammenden Urteile am glänzendsten darthun. Die Landschaftsmalerei der Worpsweder hat sich ein Jahrzehnt nach dem Erscheinen dieses Werks wesentlich auf seinem neuen Gedanken aufgebaut.

Nächst der Farbe waren es aber vor allem Boecklins Fabelwesen, die man ihm nicht verzeihen konnte, und auch hier sind wir zu derselben Erkenntnis gekommen, wie bei seiner Farbe. Gerade in der originellen Umgestaltung überlieferter Gebilde äussert sich seine schöpferische Begabung. Centauren, Tritonen, Nereïden sind wohlbekannte Erzeugnisse der antiken Phantasie. Das Mittelalter hatte sie nicht vergessen und in ornamentalem Formenspiel vielfach umgeformt, die Renaissance hatte die Typen in möglichster Wahrung der antiken Tradition wieder übernommen, ohne sie eigentlich lebendig zu machen. Sie waren auch hier in der Regel Ornament geblieben. Nun schuf Boecklin sie neu. Es war, als hätte er ihre Darstellungen nie gesehen, als hätte er nur in Märchen und Sagen von Menschen erzählen hören, deren Leib an den Hüften in einen Pferdekörper oder in einen Fischschwanz übergeht, oder die statt ihrer natürlichen Beine Bocksbeine haben, und als wäre er nun der erste gewesen, dessen Phantasie ein leibhaftiges Bild dieser Bewohner der Berge, Wälder und Meere geschaffen hätte. Man sah zuerst gar nicht, mit welchem Gefühl für das Wesen des Elements, dem sie angehören, für das Wesen des Tieres, an dem sie teilhaben, die Land- und Wassercentauren, die Tritonen und Pane gebildet waren. Gerade das, was da Neues und Grosses geboten war, stiess ab, weil es von der allen geläufigen Überlieferung abwich. Man fand das Tierische in diesen Wesen roh und brutal, und dann schien es auch nicht hübsch genug.

Es kam nun zu allem noch die selbständige Technik, die Boecklin als Ausdrucksmittel seiner Empfindung entwickelte. Seit Anfang der siebziger Jahre gab er die Ölmalerei auf. Mit Hilfe seines Freundes Adolf Bayersdorfer stöberte er die alten Recepte für die Temperamalerei wieder auf, und es gelang ihm, in dieser vergessenen Technik das seinen Absichten entsprechende Werkzeug zu finden, wo ihn die überlieferte, namentlich seit der Verbreitung fabrikmässig hergestellter Farben immer unsicherer und unpersönlicher gewordene Ölmalerei im Stich liess. Die Temperamalerei auf weissem Kreidegrund der Holztafel bot ihm die Möglichkeit, durch dünnen Farbenauftrag eine unserer Zeit bis dahin unerreichte Sattheit und Leuchtkraft der Farbe zu gewinnen. Wo ein Bild von ihm an einer Ausstellungswand auftrat, erblasste, was rund umher aufgehängt war.

Gegen alles das wandte sich die Kritik.

Wenn wir jetzt, kaum ein Jahrzehnt später, die Vorwürfe prüfen, die man ihm entgegenschleuderte, so finden wir sie gerade gegen das gerichtet, was uns heute als sein Verdienst erscheint. Man hielt seinen Ernst für Verbohrtheit, seine Naivetät für Raffinement, seine Gestaltungskraft für Geschmacklosigkeit, seine Originalität für Willkür. Ausstellung und Museum wiesen seine Bilder zurück. Jahre hindurch hatte er nur einen Abnehmer, den Kunsthändler Gurlitt in Berlin.

Und das alles, nachdem er als junger Mann schon einen ganz seltenen Erfolg erlebt hatte.

❖

Künstler wie Feuerbach, Lenbach, Graf Kalckreuth d. ä. — in der Frühzeit — Klinger, Stauffer, Prell — in der Berliner Episode Gurlitt — Dichter wie Paul Heyse, Graf Schack, Forscher wie Bayersdorfer, um nur einige beliebige Namen herauszugreifen, haben Boecklin zuerst erkannt. Seine Gegner waren Künstler akademischer Tendenz und die Masse der Gebildeten.

Seit etwa 1890 begann jedoch die Stimmung sich zu wandeln, erst langsam, dann, seit etwa drei, vier Jahren, durch einen Umschlag ins Gegenteil. Dieser Umschlag ist gerade seinen begeistertsten Verehrern als Überraschung gekommen. Sie hatten jahrelang beobachtet, welch' ungeheure Schwierigkeiten sich dem Verständnis Boecklins entgegentürmten. Mit einem Male war alles wie Schnee zerschmolzen. Viele grosse und kleine Ursachen mussten zusammenwirken, diese Wandlung herbeizuführen.

Eine allgemeine Disposition lag zu Grunde, eine Sehnsucht nach Farbe, ein Verlangen nach gestaltender Phantasie.

Äussere Mittel, die Gemüter dem Künstler nahe zu bringen, waren die grossen Publikationen seiner Werke durch die Verlagsanstalt in München.

Dann kam das plötzliche Einsetzen einer Spekulation mit Boecklins noch erreichbaren Bildern hinzu, die sehr geschickt operierte und in kurzer Zeit die Preise auf das fünfzig- bis hundertfache steigerte. Und Muthers vielgelesenes Werk gab Tausenden einen neuen Standpunkt.

Menzel ist aus dem unruhigen Tagesleben schon in das stille Reich der geschichtlichen Grössen entrückt. Boecklin, der lange Verkannte und Geschmähte, steht heute, in seinem siebzigsten Jahre, in jugendlicher Frische vor dem Auge seines Volkes, und es giebt keinen lebenden Künstler, der seinem Herzen näher käme.

Wer die Beurteilung Boecklins im Anfang der achtziger Jahre in Berlin miterlebt hat, würde auf eine so baldige und so vollständige Kapitulation der Majorität nicht gerechnet haben.

SCHLUSSWORT
ZU
DEN BOECKLIN-AUSSTELLUNGEN
IN
BERLIN UND HAMBURG

Es war ein Problem, wie sich in Berlin und Hamburg das Publikum zu den Jubelausstellungen der Werke Boecklins verhalten würde. Man durfte auf lebhafte Neugier rechnen, das war ziemlich alles, was sich vorhersagen liess.

Die Erfahrung hat nun die Antwort gegeben: an beiden Orten hat man bei keiner anderen Ausstellung einen solchen Andrang, eine solche allgemeine Begeisterung, eine solche Hingabe bisher erlebt.

Viele alte Verehrer Boecklins haben das unerwartete Schauspiel der überfüllten Räume und der umlagerten Kunstwerke mit zweifelndem Gemüt und fast mit Bedauern beobachtet. Sie konnten an die Ehrlichkeit dieser Massenbekehrung nicht glauben, es schien ihnen nicht mit rechten Dingen zuzugehen, dass innerhalb eines halben Jahrzehnts die allgemeine künstlerische Bildung einen so ungeheuren Schritt vorwärts gethan haben sollte. Als Erklärung des merkwürdigen Phänomens wurde wohl achselzuckend die Macht der Mode angenommen. Wer sich mit dieser Motivierung nicht begnügte, rief den Begriff der Suggestion zur Hilfe.

Dass das Vermögen, Kunst zu erkennen, nicht so erheblich gestiegen sein kann, muss zugegeben werden. Wenn heute ein neuer Boecklin aufträte, würde es ihm nicht besser ergehen als dem Alten von Fiesole, der nun so spät und doch noch immer unerwartet als Triumphator in die Herzen einzieht. Auch die Annahme einer Modebegeisterung erklärt nichts, denn diese Erscheinung bedarf selber erst der Erklärung, sie ist Wirkung, nicht Ursache.

Anders steht es mit dem Hinweis auf eine Massensuggestion, die in der That vorhanden war.

Es fragt sich nur, ob man sie, wie es wohl geschehen ist, verspotten und vornehm belächeln soll, oder ob man in ihr eine wohlthätig wirkende Elementarkraft zu begrüssen hat, die nicht als ein Zufallsprodukt in diesem einzelnen Falle, sondern als eine Notwendigkeit jedesmal auftritt, wo es sich um das Verständnis des Genius handelt.

In Berlin und Hamburg habe ich Gelegenheit gehabt, das Publikum zu beobachten, habe dieselben Menschen, die vor einem Jahrzehnt pfauchten, wenn Boecklins Name genannt wurde, mit leuchtendem Blick im Anschauen versunken gesehen, war anfangs sehr misstrauisch und habe doch nicht ernstlich an ihrer Ehrlichkeit zu zweifeln gewagt.

Denn das ist ja gerade die Macht der Massensuggestion, dass sie eine günstige Gemütsverfassung schafft. Sie ist der weiche Frühlingssturm, der die Schneedecke und Eiskruste der Gewöhnung zerschmilzt, sie erweckt Wunsch und Willen, zu erkennen, zu bewundern, sich zu vertiefen, sich hinzugeben.

Und ist damit nicht der einzige Zugang zum Kunstwerk eröffnet? Darf unehrlich genannt werden, wer ohne die günstige Disposition vor einem Jahrzehnt gegen dieselben Kunstwerke aus gefrorenem Herzen Spottreden hagelte, deren Wirkung er heute, wo das Eis geschmolzen ist, wie warmen Sonnenschein empfindet?

Und muss in unserem Jahrhundert nicht jeder ganz grossen Erscheinung gegenüber die Massensuggestion erst die Stimmung erzeugen, die für die Aufnahme nötig ist? Wer nicht den Wunsch hat, sich packen zu lassen, trägt einen festen Panzer um die Brust.

In Hamburg unterschied sich das Publikum, das sich durch die Ausstellung schob und ruhig wartete, bis es Zugang zu den Hauptbildern fand, in einem wesentlichen Zuge von dem der Akademie in Berlin: Es war mehr Jugend dabei.

Die Leitung hatte den Oberklassen der Schulen, wie auch sonst bei den Ausstellungen in der Kunsthalle, Dauerkarten zu einem nominellen Preise zur Verfügung gestellt, und in den Stunden nach Schulschluss und an den Sonntagen stürmten die Scharen junger Menschen in die Räume.

Man sah sie nicht nur vor den Ölbildern, sondern ebenso eifrig in dem grossen Saal, wo die Reproduktionen nach Boecklins Werken historisch geordnet waren. Und wer sich die Mühe gab, sie eine Weile zu beobachten, sah sie nicht etwa zerstreut und planlos hin und her laufen, sondern mit dem Kataloge in der Hand langsam von Bild zu Bild wandern, einzeln oder gruppenweise in eifrigem Gespräch. Und aus allen Familien konnte man hören, wie den verwunderten Eltern diese Begeisterung der Jugend aufgefallen war, und immer wieder kam es vor, dass in der Ausstellung ein Herr in mittleren Jahren, der das Gefühl zu haben schien, er müsse motivieren, dass er mitten am Tage seine Arbeit im Stich gelassen, entschuldigend vorbrachte: Meine Jungen lassen mir keine Ruhe.

Was den Eltern Kampf kostet, das eignet sich die Jugend wie ein bereitetes Erbe an. Und die ältere Generation müsste fast mit einem Gefühl des Neides dieser Aufnahmefähigkeit und Bewältigungskraft zusehen, die die Jugend auf Königswegen dahinführen. Aber es kommen andere Probleme, die dieser Jugend so schwer werden, wie die nun mühelos von ihr gelösten Rätsel einst ihren Eltern, und die heute Väter sind, waren einmal die Jugend, der es leicht wurde, als hinter ihnen ihre Vorgänger mit Zweifel im Herzen und mit Sorgen auf der Stirn standen.

Auf dem Weg zur Berliner Boecklinausstellung malte ich mir aus, wie wohl ein Saal voll Bilder des Meisters wirken würde.

Sollte es nicht schwer fallen, so viel Glut, so viel Intensität und Pracht der Farbe auf einmal auszuhalten? Und wie würden diese starken Werke sich in Massen nebeneinander vertragen? Auf alle Fälle machte ich mich auf ein Fortissimo der koloristischen Instrumentation gefasst.

Aber der Eindruck strafte alle Ausmalung Lügen. Der Uhrsaal, in dem man zuerst eintritt, und der das „Spiel der Wellen", den „Prometheus", „Malerei und Dichtkunst", „auf Abenteuer" und die brennende Burg als Hauptaccente enthielt, erschien in eine ruhige altmeisterliche Harmonie gehüllt und wirkte eher dunkel und ernst als licht und strahlend. In den Kabinetten mit Seitenlicht dieselbe Erscheinung, die sich später bei günstigerem Licht auch in Hamburg wiederholte.

Wer sich an den gewaltigen koloristischen Effekt erinnerte, durch den dieselben Bilder, die hier so ruhig und abgeklärt auftraten, bei ihrem ersten Erscheinen ganze Ausstellungen matt gesetzt hatten, konnte sich im ersten Moment kaum zurecht finden.

Was war vorgegangen? Waren die Bilder nachgedunkelt? Das musste bei der Nachprüfung der Einzelheiten verneint werden. Auch an der Beleuchtung lag es nicht. Zwar ist sie in der Berliner Akademie nicht glänzend, dafür aber in der Hamburger Kunsthalle fast zu stark.

Es muss schon sein, dass unser Auge eine Wandlung durchgemacht hat. Wir haben im letzten Jahrzehnt allesamt mehr Farbe ertragen und verlangen gelernt. Und sie ist uns in so mannigfacher Gestalt entgegengetreten, dass Boecklin nun nicht mehr, wie in den siebziger Jahren, als der einzige originelle Farbenbringer erscheint, sondern als ein durch persönliche Neigung und Entwickelung bedingter und begrenzter Einzelfall. Er steht nun nicht mehr allein allen voraus auf einem Vorposten des Kolorismus. Das Gros der Jugend ist nach allen Richtungen nach- und vorausgeschwärmt, hat auf anderen Wegen andere Ziele erreicht oder hat von seinem Ziel aus weiter vorzudringen versucht, einmal — wie manche Münchener — in Regionen, wo die Farbe wesentlich nur dekorativen Wert hat, einmal — wie die Worpsweder — mit der an der Anschauung südlicher Farbenpracht entwickelten Intensität Boecklins die Eigenart eines nordischen Landschaftsgebietes nachfühlend.

Auch Boecklins Anschauung der Farbe erscheint uns nun schon historisiert.

Sie wurde zuerst in den siebziger Jahren als ein Novum auch vom Publikum in Deutschland empfunden und abgelehnt. Es war dieselbe Zeit, da die Masse der Künstler, das gesamte Kunstgewerbe und das ganze Publikum sich dem Stern Makarts zuwandten.

Boecklin und Makart waren damals widerstreitende Pole der Entwickelung. Jener einsam, verlassen und, wo er sich sehen liess, verspottet, dieser umlagert und umjubelt.

Es will uns heute kaum in den Sinn, dass Makart der Jüngling und Boecklin damals der Mann war, der seinem fünfzigsten Lebensjahr sich näherte. Wo Makart in den siebziger Jahren vor dem Publikum stand, war Boecklin schon in den fünfziger gewesen.

Makart hatte sein seltenes Talent in den Dienst der Masse gestellt, in der nach so viel blosser Zeichnung und Austuschung, nach so langem Genügen am farblosen Karton und am bunten Fresko das Verlangen nach Farbe erwacht war. Er bot ihr, was sie schon begreifen konnte, und bot es ihr in einer Form, die ihr durch das Riesenmass imponierte, wo sie damals noch nicht abgestumpft war durch das Panorama.

Und die Masse war ihm dankbar, huldigte ihm auf den Knieen, überschüttete ihn mit den Schätzen des Abend- und Morgenlandes und stellte ihn äusserlich den Königen der Politik und der Geldwirtschaft gleich. Die Herrschaft seiner Farbenanschauung reichte bis in jede Tapezierwerkstatt und jeden Stickladen, wo sie immer noch nicht aufgehört hat.

Seine Bilder sind heute fast vergessen. Sie üben eine lebendige Wirkung kaum noch aus. Sein Andenken aber ist noch nicht erloschen, weil eben erst in den dekorativen Künsten eine neue Anschauung ihr Haupt erhoben hat, das ihm in heftiger Gegnerschaft zugewendet ist.

Die Wolke Makarts hatte zwei Jahrzehnte lang die Sonne Boecklins verdunkelt. Dann brach sie strahlend durch. Boecklin trat mit seiner Anschauung um zwei Jahrzehnte zu früh auf, als dass er sie hätte durchsetzen können, Makart konnte einen günstigen Moment ausnutzen und starb, ehe die Menge sich von ihm abgewandt hatte.

Makarts Laufbahn, die um 1880 im wesentlichen abgeschlossen war, hätte, an Boecklins Geschick gemessen, gegen 1920 den Höhepunkt der Popularität erreichen müssen.

Die drei grossen Boecklinausstellungen in Basel, Berlin und Hamburg haben den Freunden des Künstlers einen tieferen Einblick in seine Entwickelung gewährt und weiteren Kreisen neue Seiten seines Wesens enthüllt.

Die Entwickelung des Meisters liegt jedoch auch heute noch nicht in allen Wendungen klar vor uns. Es wäre sehr zu wünschen, dass die nötigen Vorarbeiten erledigt würden, solange im Zweifelsfalle an Boecklin appelliert werden kann.

Auf den drei Ausstellungen ist wohl zuerst die Aufmerksamkeit auf seine Jugendwerke gelenkt worden, die bisher, im Privatbesitz verborgen und wenigen bekannt, für die Erkenntnis seines Wesens noch kaum benutzt werden konnten.

Nun gehören aber bekanntlich die ersten Versuche des Genius, sich auszudrücken, in der Regel zu den allerwertvollsten Dokumenten über seine Eigenart. Ungefärbt durch fremde Einflüsse, pflegt in ihnen oft genug der reine Quell ans Licht zu dringen, der durch das fremde, im späteren Studiengange angehäufte Material, zuweilen auf Jahrzehnte verschüttet oder doch stark getrübt wird. Wenn erst die intimere Entwickelung der Genies und Talente des neunzehnten Jahrhunderts unter diesem Gesichtswinkel eingehender erforscht ist, werden manche Beispiele bekannt werden, wie wir sie von Hermann Kauffmann kennen, der als vierzehnjähriger Knabe in den »Eisfischern auf der Alster« alles das kindlich und unbeholfen, aber in allem Wesentlichen so deutlich und unverkennbar ausgesprochen hatte, was er später als reifer Künstler, nach Überwindung akademischer Einflüsse als sein Eigenstes selber empfand: es werden sich Beispiele häufen, wie die Entwickelung der Hamburger Nazarener, die als Knaben im Bildnis und in der Landschaft hohe Ziele erreicht hatten und später nach einer Ablenkung durch den Anschluss an Cornelius und Overbeck zu ihrer ersten Liebe zurückgekehrt sind; wie bei Martin Gensler, der als Siebzehnjähriger um 1828 eine Selbständigkeit und Originalität zeigte, die er erst in den sechziger Jahren wiederzufinden versuchte, nachdem er eine romantische Epoche, in der er sein Bestes aufgegeben, hinter sich hatte; wie bei Morgenstern und Vollmer, die, durch Studium und Belehrung gehemmt, nie wieder den hohen Grad von Selbständigkeit erreicht haben, der ihre ersten Versuche um 1825 auszeichnet.

Auch Boecklin erschien in den ersten Bildnissen vor 1850 und in der wichtigen Felslandschaft mit den Gemsen aus derselben Zeit eigentlich mehr er selbst als in den fünfziger und sechziger Jahren, wo viele seiner Zeitgenossen auf ihn gewirkt hatten. Die grauen Felsen der Landschaft mit den Gemsen verkünden bereits den Künstler, der in der Darstellung des Gesteins ausdrücken sollte, was niemand vor ihm empfunden hatte, und in der Intensität des Grau und Braun der Felsmassen, des satten Braun des Mooses, denen sich das Weiss der Schneereste gegenüber stellt, zeigt sich unverhüllt der selbstwillige Erfasser der Farbe.

Die Jubelausstellungen haben den Eindruck der, wenn auch hier und da abgelenkten, doch stetig nach eigenem Willen unbekümmert den eigenen

Zielen zustrebenden Persönlichkeit Boecklins sehr stark zur Anschauung gebracht.

Sie haben aber auch deutlich hervortreten lassen, welche Entwickelungsmöglichkeiten, die in seiner Begabung lagen, durch die Gleichgültigkeit oder die Opposition seiner Zeitgenossen dem Genius Boecklins abgeschnitten worden sind.

Zwei Gebiete waren es vor allem, die sein Fuss nur selten betreten hat, und die seiner Natur die reichste Nahrung bereitet haben würden, das Bildnis und die Monumentalkunst.

Den meisten Besuchern der Ausstellungen war es eine ganz unerwartete Erkenntnis, dass wir in Boecklin einen der ganz grossen Bildnismaler des Jahrhunderts zu sehen haben. Aber er war beschränkt auf das Selbstbildnis und die Darstellung seiner Familie und seiner nächsten Freunde. Bildnisaufträge sind selten und spät — zu spät — an ihn herangetreten.

Ebenso überraschend, wenn auch im ganzen weniger beachtet, waren die Dokumente, die eine Einsicht in seine Entwickelung als Monumentalmaler und Bildhauer gestatteten. Es hat Boecklin stets gelockt, seine Kunst gegebenen Räumen anzupassen. Seine Masken in Basel mit ihrer überwältigenden Charakteristik und Komik in der Verkörperung typischer Charaktere — es reizt jeden, der sie sieht, in jeder einzelnen das Bildnis eines Bekannten zu bezeichnen — sind wohl die wirksamste plastische Dekoration, die in Deutschland seit Schlüters Tagen geschaffen ist. Und in der Monumentalmalerei beweist seine Flora von 1875, ein Karton für ein Glasfenster, dass sich in Boecklins Seele selbständig die Entwickelung vollzogen hat, die seither in England und Frankreich auf dem Gebiete der Plakatkunst durch japanische Einflüsse mitbestimmt, unsere Kunst von aussen her um neue Ausdrucksmittel bereichert hat.

Der farbige Karton der Flora ist in Florenz durch einen zufälligen Auftrag entstanden, den Boecklins Freund Bayersdorfer vermittelt hatte. Er ist nie ausgeführt worden. Boecklin hatte in der Villa Wedekind und im Baseler Museum seine ersten Versuche in der Monumentalmalerei hinter sich. Nach dem Urteile der Zeitgenossen waren sie misslungen. Eine Aussicht, neue Aufgaben zu erhalten, bestand für ihn damals kaum noch.

Der Unterschied zwischen dem Karton von 1875 und den früheren Versuchen ist fundamental. Die Flora wirkt heute wie ein Glaubensbekenntnis und eine Prophezeiung. In der äussersten Vereinfachung der Mittel hat sie mit dem Staffeleibild nichts mehr zu thun, und in der Verwendung starker Farbe geht sie weit hinaus über alles, was Boecklin in der Monumentalmalerei früher gewagt hatte.

Die Flora nimmt die gesamte Entwickelung der letzten beiden Jahrzehnte vorweg. Sie enthält alle Ideen, die wir seither unter heftigen Kämpfen von unseren Nachbarn entlehnt haben.

Wie würden wir heute dastehen, wenn Boecklin um die Mitte der siebziger Jahre in einem der Centren deutschen Lebens an weithin sichtbarer Stelle die malerische und plastische Ausstattung eines grossen Raumes ausgeführt hätte? Und welche Entwickelung hätte die Bildniskunst in Deutschland genommen, wenn der Mann, der 1864 das Bildnis des Fratelli und später die grossartigen Selbstbildnisse geschaffen hat, sich als Bildnismaler hätte entwickeln können und Einfluss auf die Jugend gewonnen hätte?

Der allgemeinen Freude und Bewunderung gegenüber hat die Kritik sich auffallend still verhalten. Das ist eigentlich ein erfreuliches Symptom, denn sie hatte bisher, indem sie vermeintliche und wirkliche Mängel in den Vordergrund schob, dem Verständnis des Künstlers die Wege verlegt.

Wie vor zwei oder drei Jahrzehnten meist Künstler es waren, die zuerst auf die positiven Eigenschaften Boecklins hinwiesen, so waren es auf den Jubelausstellungen wiederum in der Regel Künstler, deren Mund eine kritische Einschränkung der ungemischten Begeisterung verlangte, heimische und fremde.

Schliesslich haben nur einige der ganz hervorragenden Bildnisse vor aller Augen Gnade gefunden.

Die kritische Betrachtung wird künftig ohne Zweifel mehr in den Vordergrund treten.

Aber man wird sich nicht begnügen, Fehler und Mängel zu bezeichnen, man wird sie aus der Natur des Genius, aus seinem Entwickelungsgange und seinem Verhältnis zu seinen Zeitgenossen auch verstehen wollen, und man wird durch den Vergleich zu erkennen suchen, wie weit sie nicht nur seiner Entwickelung angehören, sondern im neunzehnten Jahrhundert typisch auftreten.

Uns hat das gewaltige Schauspiel der künstlerischen Entwickelung Boecklins etwas von der Empfindung hinterlassen, mit der wir am Schluss einer Tragödie den Vorhang fallen sehen.

Der Form nach war es ein Schauspiel, denn der Held Boecklin hat seine Gegner besiegt, und sein Leben schliesst in der glänzenden Dekoration eine Apotheose.

Hat er aber zu beschicken vermocht, worauf seine Kraft und seine Begabung bei günstigeren Umständen ihm die Anwartschaft gaben? Das wird sich nicht bejahen lassen.

Auch darin ist sein Leben typisch für die Stellung des Künstlers in der Kulturwelt des neunzehnten Jahrhunderts.

Man wird beim Rückblick auf unsere Epoche

Begabung und Leistung getrennt betrachten und
bei der Einschätzung der Leistung dem deutschen
Künstler zu gute halten müssen, dass er unter den
ungünstigsten Umständen zu schaffen gezwungen war.

Seine Erziehung pflegte so spät einzusetzen, als
wenn ein Klaviervirtuose mit dem Beginn der Ausbildung bis zum Eintritt in das zwanzigste Lebensjahr warten wollte. Sie war staatlich geregelt, ihr
Zugang stand allen offen. Es gab seit dem zweiten
Drittel des Jahrhunderts unendlich viel mehr Künstler,
als das Leben brauchte. Die alten Mächte, die die
Kunst getragen hatten, waren verschwunden oder
in ihrem Kern verwandelt. Fürst und Aristokratie
waren vom Schauplatz zurückgetreten, die Kirche
hatte sich der lebenden Kunst abgewandt und
pflegte ausschliesslich archaisierende Tendenzen.
Der Staat, der an die Stelle des Fürsten getreten
war, förderte Kunst durch das Organ der unpersönlichen Kommissionen, deren Beschlüsse dem Genius
nicht günstig sein konnten. Die Bourgeoisie war
künstlerisch vollständig ungebildet. Sie und die
Organe des Staates begünstigten in der Kunst, was
sie begreifen konnten, also nur zufällig einmal, was
sich über den Durchschnitt erhob. Seit der Mitte des
Jahrhunderts wuchs zu ungeheurer Macht der Kunsthandel, den seine geschäftlichen Interessen zunächst
zur Begünstigung des leicht absetzbaren Mittelgutes
führten und der erst spät in der Aufsuchung der
Verkannten ein Spekulationsgebiet entdeckte. Zu
derselben Zeit erhob sich, von Jahrzehnt zu Jahr-

zehnt steigend, der Einfluss der Ausstellungen, die die Kunst immer mehr vom Leben losgelöst haben und die zu einer Hetzpeitsche geworden sind.

Seit der Mitte des Jahrhunderts machte sich sodann in steigendem Masse der Einfluss fremder Kunst geltend, weil die führenden Geister der ersten Hälfte das Gebiet der Technik vernachlässigt hatten. Von Jahrzehnt zu Jahrzehnt vergrösserte sich die Zahl der Einfluss gewinnenden ausländischen Centren. Belgien, Paris, Holland, England leuchteten am Horizont unserer Kunst, sogar Amerika wurde seit Chicago als Lichtspender begrüsst. Für die akademische Ausbildung galt in den letzten Jahrzehnten als massgebend Paris. Die Münchener, dann die Berliner und Dresdener Ausstellungen führten dem deutschen Kunstjünger vor, was irgendwo in der Welt erzeugt wurde, und mittelbar durch die Franzosen und Schotten, unmittelbar durch alte und neue Erzeugnisse seiner Industrie und Kunst bewirkte das ferne Japan einen Wandel der künstlerischen Anschauung.

Wenn nach dem Tode eines Künstlers sein Lebenswerk übersichtlich vorgeführt wurde, so konnte es kommen, dass keine Naturstudien vorhanden waren, dass dagegen seine Bilder das Tohuwabohu der Anregungen in historischer Folge und bis in jede leiseste Welle zum Ausdruck brachten. Hatte er als Nachahmer Makarts angefangen und konnten seine Bilder aus dieser Epoche beinahe für Originale gehalten werden, so sahen seine letzten Werke aus, als hätte er etwa mit einem befreundeten Schotten getauscht.

Die Anpassung an so viele, die ruhige und stetige Entwickelung der eigenen Kraft hemmenden Umstände ist für den deutschen Künstler zu einer Lebensgefahr geworden.

Das Genie überwindet sie, aber für die Mehrzahl unserer Talente ist es der Tod.

In welchem Stande herrschen heute die gesundesten Grundsätze der Erziehung? In welchem Stande werden die Individuen am sorgfältigsten auf ihre angeborene Begabung und Neigung geprüft, damit das besondere Ziel und die besondere Methode der Ausbildung bestimmt wird? Und in welchem Stande setzt die Erziehung so früh ein, dass der Zögling in das höchste Mass der Leistungsfähigkeit ruhig und sicher hineinwächst?

Ich glaube, es sind die Akrobaten.

Soviel ich sehen kann, werden die vornehmsten Gesetze der Pädagogik nirgend so folgerichtig, mit so eisernem Zwang, mit so klarem Bewusstsein zur Anwendung gebracht wie in der professionellen Athletik.

Die Resultate allein würden es beweisen. Wo sind auf einem anderen Gebiet in so grosser Menge die allerhöchsten technischen und künstlerischen Leistungen vorhanden wie bei dem fahrenden Volk der Artisten, und wo ist der Durchschnitt so hoch? Nicht bei den Malern und Bildhauern, nicht bei den Sängern, nicht bei den Schriftstellern, nicht bei den Berufen, in deren Mittelpunkt die Herrschaft über das gesprochene Wort steht.

Was für ein Genuss wäre es, die Oper zu besuchen, wenn die Sänger in der Schulung ihrer Mittel durchweg auf einer Höhe des technischen Vermögens ständen, wie jeder beliebige Reck- oder Trapezkünstler unserer Singspielhallen? Mit welchem Behagen würden wir in Deutschland unsere Zeitungen, die Abhandlungen in unseren Wochen- und Monatsschriften lesen, wenn die »Voltigeurs der Feder« über ein so hohes Mass technischer Herrschaft verfügten? Von den Berufen, zu deren Funktion das gesprochene Wort der freien Rede gehört, ganz zu schweigen. Und welches Bild würden unsere Kunstausstellungen gewähren, wenn unsere Akademien die Maler und Bildhauer so früh, so ernst und gründlich in die Hand nehmen, so vorsichtig und so umsichtig ausbilden könnten, wie die Erzieher der Artisten das Menschenmaterial, das sich ihrem Rat und ihrer Einsicht anvertraut?

Aus der Athletik ist der Begriff der Form bekannt.

Man versteht darunter das höchste Mass von Kraft und Gewandtheit, das ein Körper und eine Seele erreichen können. Denn auch das ist ja eine selbst ausserhalb der Athletenwelt bekannte Thatsache, dass jedem Körper ein höchstes Mass von Kraft erreichbar ist, über das ihn keine noch so gründliche und langdauernde Trainierung hinausbringen kann, und dass der Wille, der die Behendigkeit reguliert, ganz ebenso einen in jedem Einzelfalle gegebenen Grad von Intensität, Einschalte- und Ausschaltefähigkeit zu erreichen vermag, über den er sich durch keine noch so strenge äussere Zucht oder Selbstzucht hinausheben lässt. Wenn Körper und Wille zur selben Zeit diesen höchsten Punkt erreicht haben, dann ist die Form da, über die hinaus kein Weg führt.

In der Athletik weiss man, dass für jedes Individuum durch seine besonderen körperlichen und seelischen Eigenschaften das Gebiet, auf dem es seine Form erreichen kann, im voraus bestimmt ist. Für die meisten ist es eng begrenzt. Der eine erreicht seine Form als Seiltänzer, der andere als Ringer, der dritte als Läufer, ein vierter am Trapez. Es kommen umfassendere Begabungen vor, das sind dann auch hier die Genies. Doch giebt sich die Durchschnittserziehung nicht mit ihnen ab. Sie stehen unter ihrem eigenen Recht und sind ihre eigenen Erzieher.

Für den Durchschnitt der Talente gilt es in der Athletik, das Fach zu finden, wo sie ihre höchste Form erreichen. Der zum Läufer Geborene kann sie nicht als Ringer finden, wer durch die Schnelligkeit und Sicherheit seines Blickes, durch Schwindelfreiheit und die Einsatzfähigkeit seines Willens zum

Seiltänzer oder Jongleur bestimmt ist, darf sie nicht als Kraftmensch suchen.

Die Wahl wird bei den ausgesprochenen Begabungen wohl meistens durch die vom Willen unabhängige Neigung bestimmt, in der die Seele ihre unbewusste Selbsterkenntnis kundgiebt.

So wird in unserer Kultur ein Kind, das die Gedanken, mit denen es geboren wird — jeder Mensch wird im Grunde mit allen Gedanken geboren, die er haben kann — in sich keimen fühlt, ohne sie noch zu kennen, ohne mehr als das dunkle Bewusstsein dieses inneren Schatzes zu haben, von dem Anblick eines Bogen weissen Papiers, eines leeren Schreibheftes magisch ergriffen, weil es in dem unbeschriebenen Blatt das Bett empfindet, in das sich dereinst seine Seele ergiessen wird.

Es steht nichts im Wege, den der Athletik entlehnten Begriff der Form auf andere Gebiete zu übertragen, auch auf das der Kunst, und die Frage aufzuwerfen, ob und wie weit in den sich ablösenden Zeitaltern das künstlerisch begabte Individuum seine Form erreicht hat.

Ein Blick genügt, um einzusehen, dass nicht alle Epochen und alle Örtlichkeiten darin gleichwertig sind. Es giebt Zeiten, in denen keine einzige künstlerische Begabung ihre Form gewinnen kann — vielleicht gehört das neunzehnte Jahrhundert dazu —, es giebt Perioden, wo alle Bedingungen so glücklich zusammentreffen, dass jeder, oder nahezu jeder dahin gelangt, sich selbst vollständig auszudrücken. Ebenso verschieden und einflussreich sind die lokalen Bedingungen.

Am glücklichsten für die Mehrzahl der Individuen trafen alle zeitlichen und örtlichen Bedingungen wohl in Holland im siebzehnten Jahrhundert zusammen.

Wenn eine Seele durch ihre Natur zur Stilllebenmalerei bestimmt ist, und es giebt unzählige solche Begabungen, einseitige, aber sehr starke, so wird sie in einem Zeitalter, das ausschliesslich emotionelle Kunst verlangt, eine nennenswerte Form nicht erreichen. In Holland gab es Stilllebenmaler wie van Beijeren oder Heda, die auf ihrem engumschriebenen Gebiet ihre vollkommene Form erfüllt haben. Ein Fischstück von den Beijeren, ein Nachtisch von Heda vertragen es, auf eine Wand mit Rembrandt und Hals gehängt zu werden.

Denn auch die einseitige Begabung, die ihre Form erreicht, kann durch ihre Leistung die Empfindung vollendeter Schönheit erwecken.

Talente wie van Beijeren oder Heda dürften es als Schüler der Akademiker oder irgend einer typischen deutschen Akademie der Mitte des neunzehnten Jahrhunderts zu keiner nennenswerten Form gebracht haben.

Wie für die schaffende Seele gilt auch für die geniessende der Begriff der Form, und wenn der Künstler sie in unseren Tagen selten erreicht, so bleibt in unserer Kultur der Aufnehmende mit einem noch unverhältnismässig höheren Satz hinter seiner Form zurück.

Die Thatsache kommt ihm freilich selten zum Bewusstsein. Er pflegt sich in einem beneidenswerten Zustande der Selbsttäuschung zu befinden, gebärdet sich mit pappenen Centnergewichten ästhetischer Formeln wie ein Hercules und glaubt mit Blitzesschnelle die äussersten Grenzen der Erkenntnis durcheilen zu können, ohne Mühe und Anstrengung.

Er macht in seiner stetigen Bereitschaft, ohne Arbeit, Studien und Selbstzucht erkennen und beurteilen zu wollen, alle Gesetze der Dynamik der empfindenden Seele und des erkennenden Verstandes zu Schanden und handelt, als ob er überzeugt wäre, ohne jegliche Vorbereitung so viel begreifen zu können, wie das Genie schaffen kann — und eher noch etwas mehr.